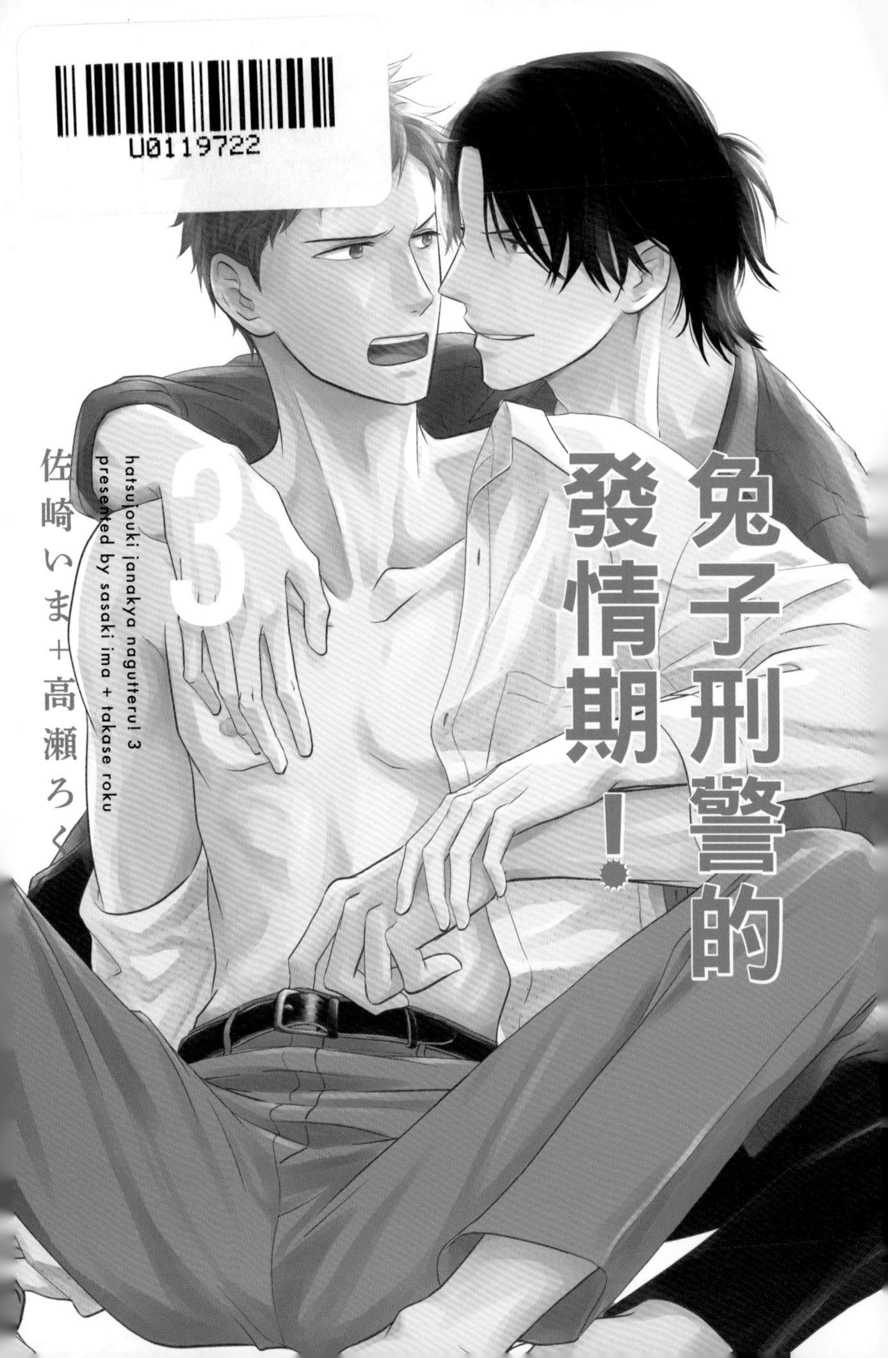
兔子刑警的發情期！
3
hatsujouki janakya nagutteru! 3
presented by sasaki ima + takase roku
佐崎いま＋高瀬ろく

CONTENTS

hatsujouki janakya nagutteru! 3
presented by
sasaki ima + takase roku

第9話

有兩種體質分別被稱為「兔子」與「狼」。
這兩種體質的性慾會受月亮盈虧所左右，在滿月時迎來高峰，
呼…呼…
呼…
呼…
呼…
強烈地尋求彼此。
ドン！
…大神！
兔子。

只有身體相繫
才能獲得滿足。
對不起，
我回來晚了。
呼…
呼…
呼…
偏偏在滿月
收到報案說有人
非法就業…
你那邊呢!?
今天店休，
不要緊。
啊，
對喔！

兔子，我想要你想要的不得了！
呼…
嗯…！我也是……
嗯…
嗯嗯…
大神…快點…！
呼！
呼！
…再等等。
啊！嗯嗯！
ぴちゅ
くに くに
顫抖

啊…嗯！
咕啾
啊…呼…唔…
咕啾
呼！
啊…
吶…快點…快點…我…想要…
呼…
呼…
大神…我…！
好，我們去床上吧。
唔…啊…

唔啊！
啊！啊！
大神…大神…動太快了…！
不要…裡面……會失控…的…！
就失控吧。
呼！呼！呼！
這樣你也才能獲得最大的滿足，不是嗎？

啊啊……！
びゅくっ
びゅるるっ
呼……！呼……！
呼……！
どくっ
どくっ
呼……！呼……！
どくっ…
……！
呼……！呼……！
呼

どさっ
呼…！呼…！
……
呼…！
呼…！
ギシ
嘿嘿…
…怎麼了？

我只是覺得
能和你在一起，
真是太好了。
說這什麼
可愛的話。
既然這樣，
要再來一場嗎？
啊……
……咦!?
ギッ
呵！

開玩笑的啦，傻瓜。
會害你明天很難受吧。
我…我知道啦！不要摸我的頭啦！
害羞
睡覺吧！晚安！
ばふっ
嗯，晚安，兔子。
關燈
…我喜歡大神。
能遇見大神，和他在一起，我真的覺得很幸福。
如果不是這樣，我現在一定還是孤身一人，
不曉得何謂「滿足」——

如果今後
也能像這樣
繼續下去就好了。
和大神兩人一起……
……永遠……走下去──
……
鼾聲……
……！
…兔子
──…

啾啾
嘰嘰嘰
啾啾啾
那我出門了，你也別遲到嘍。
パタパタ
嗯，我今天應該可以早一點回來。
了解。

ドタドタ
慢走。也代我問候小士一聲。
……
…大神？
不…沒什麼。
嗯～？
今天比較早打烊，傍晚就會回來了。
我走嘍。
嗯。
開門
關門
路上小心喔♡

嗯～
我也該出門啦～
不久前，
大神開了自己的店。
他真努力呢。
他僱用了同為「狼」的士狼當店員，
店裡似乎相當忙碌。
CAFE & DINER
…嗯，我也要加油嘍！

東警察署
交通事
大家早——！
人聲
吵雜
議論
紛紛
熱烈討論
吵吵
嚷嚷
哦！宇佐美。
怎麼了，中村哥？感覺大家吵成一團？
有案子？
笨蛋，你忘了喔。

不是跟你說過今天新署長要來嗎？
大家都在討論這件事。
啊！
喂——全員到會議室集合。
新署長要和大家講話。
會議室
我是今起赴任的二神。
因為主管問我想要調到哪裡，於是我說要調來這個成績不亮眼的分局。
議論紛紛

今天剛到任，
有句話想和大家說，
各位可以先坐下。
唔哇——
感覺來了個
難搞的人……
故作鎮靜的警官
瞄
ドキッ
……!?
滿臉通紅
啊……
咦!?

喂，你。
沒聽到我的話嗎？坐下！
對…對不起！
嗯？
你…的名字和單位是？
我是生活安全課的巡佐，宇佐美圭吾！
立正

這樣啊。我記住了。…宇佐美啊。
呵呵！
會漏聽長官命令的人，沒資格當警官喔，宇佐美巡佐。
是的！非常抱歉！
以後要聽仔細啊。
是…！

哎呀，感覺來了個不得了的上司呢。
ギク
是官僚體制上來的嘛，也就是所謂的國家公務員大人嘍。
ギク
ギク
ギク
…咦？話說回來，宇佐美人呢？
啊~他不曉得是身體不舒服還是怎樣，去廁所啦。
喔~
TOILET
TOILE
啊——可惡！這是怎樣啦——!!

套弄
套弄
套弄
套弄
完全冷靜不下來。
我到底是怎麼回事!?
呼！呼！
昨晚才和大神做過，應該已經滿足了才對啊！
呼！
況且現在才早上！月亮根本還沒出來！
套弄
可惡！快忍不住叫出聲了。
呼！
在這種地方，要是被人聽見的話……
好想要大神……好想被他抱……
大神…大神…!!
呼！
呼！
呼！
呼！
…吁！

呼…！
呼…！
呼…！
呼…
呼…
呼…！
ガチャッ
…？

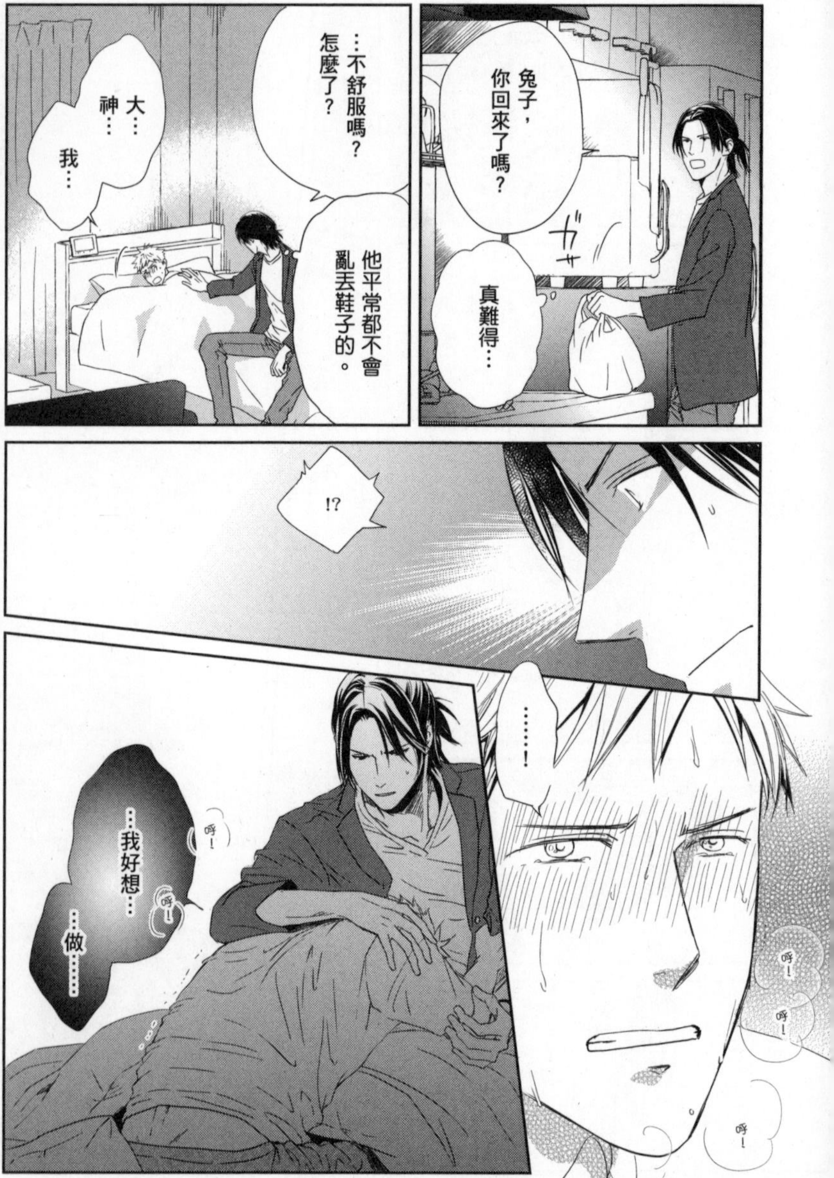
兔子，你回來了嗎？
ガサ
真難得…
他平常都不會亂丟鞋子的。
…不舒服嗎？怎麼了？
大…神…我…
!?
……!
…我好想…做……
呼!
呼!
呼!
呼!
呼!

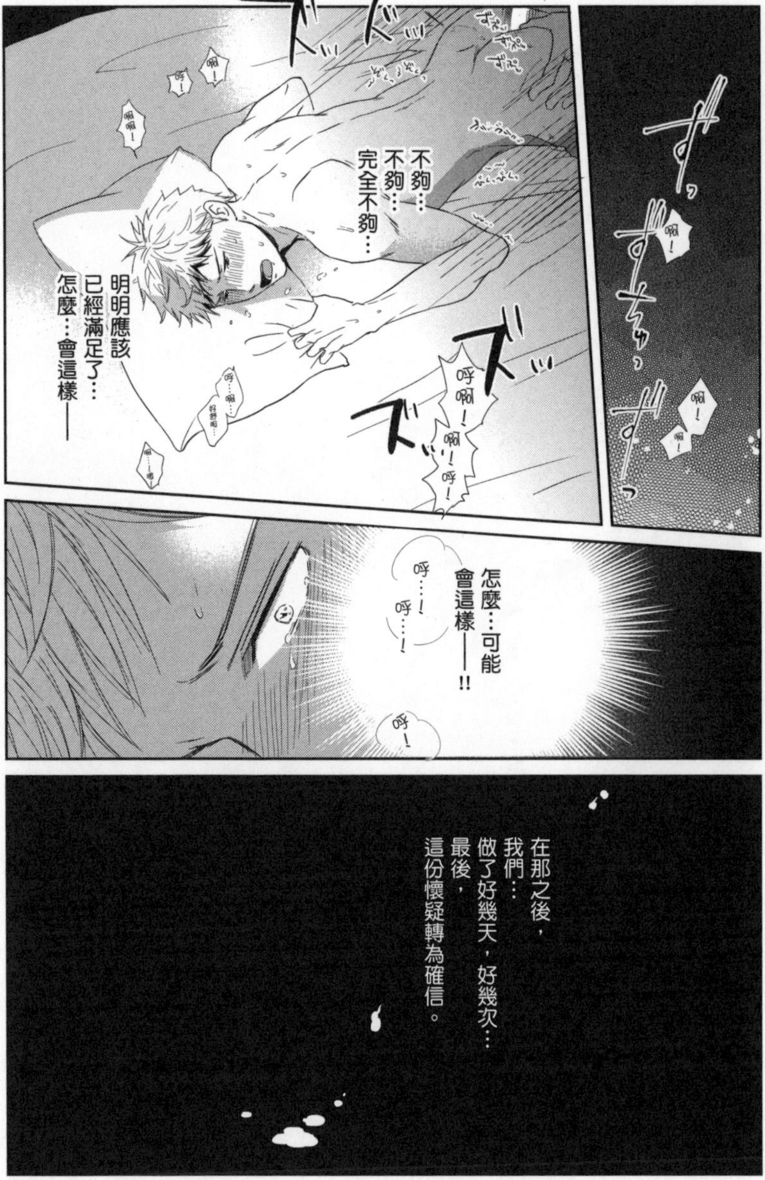
啊!
啊!
啊!
ズッ ズッ
不夠…
不夠…
完全不夠…
啊!
呼!
嗯嗯!
明明應該
已經滿足了…
怎麼…會這樣——
ズッ
呼啊!
啊!
呼!
ズッ
怎麼…可能
會這樣——!!
呼…!
呼…!
呼!
在那之後，
我們…
做了好幾天，好幾次…
最後，
這份懷疑轉為確信。

就算和大神上床，
我也無法「滿足」…!?
……
……!

第10話

只要和大神做，
就能獲得滿足，
原本應該是這樣的……
コツコツコツ…
就算和大神上床，也無法「滿足」，這件事，要不要跟支倉討論一下…？

ギッ
CLOSED
叮鈴
晚安，抱歉來晚了。
宇佐美哥，辛苦嘍！
小士，晚安。
士狼和大神一樣都是「狼」。
他們之前發生過許多事，但現在已經和解了，現在一起工作。

宇佐美先生，晚安。
支倉是小士的伴侶，和我一樣是「兔子」體質。
支倉，晚安。
我來晚了。
抱歉，讓你們久等。
嗯，別介意，辛苦嘍。
那我們開始吧。

我們每個月都會找一天，
那麼──大家辛苦了～！
カンパーイ!!
像這樣大家一起聚餐。
與和自己有同樣體質的人共度的這段時間，比我原先預想的更令我放鬆。

※乾杯～～!!

真的很感謝⋯支倉經營的「支倉手記」呢。
多虧有那個網站的文章，我⋯才能察覺自己對大神的感情不是出自於體質⋯
兔子！別再說那件事了！
閉嘴啦，好害羞！
宇佐美哥不要趁亂放閃啦！
哇哈！哇哈哈！
小士閉嘴!!
士狼，你笑得太誇張了！
現在還沒有全部整理完，若是又有什麼發現，我會再告訴你們。
嘻嘻⋯
啊！對了，那個⋯⋯
說到「支倉手記」——⋯

問一下支倉關於我無法「獲得滿足」的事……
兔子，怎麼啦？
啊！
啊…沒…
沒什麼——
羞——…
……問……

問不出口啦──
更何況是在大家面前…
唉───…
和大神上床很舒服…
能感受到不僅於體質的幸福……
但沒想到還是無法「滿足」…
步履…
蹣跚…
這麼害羞的事情…
就算面對同樣體質的夥伴，我也問不出口…
話雖如此…
雖說是這樣…

——如果這是因為我的體質產生某種變化造成的呢……？
宇佐美。
這聲音是……！
二神署長！

立正～
呵！
不用那麼拘謹。
遵命！
訓話那時候我還以為你是個傻瓜，
但後來聽說你每天都像這樣利用午休時間，認真清掃環境。
呃…！
傻瓜……
今晚有空跟我聊一聊嗎？
ガァッ

…咦!?
我想給予你的行動合理的評價。
我知道有間不錯的店。
咦!?咦……呃……?
署長?
評價?
去喝酒?
這種事有可能嗎!?
怎麼了?
啊…
我…我很榮幸能陪署長一同用餐!
立正!
很好。

啊，對了。
那個…！我可以先跟室友說一聲嗎？
得先告訴他我會晚回家…
可以。
你有一起住的人啊？
啊，是的。不好意思。
……
叮鈴
多謝惠顧~

呼～～
今天的午餐時段也是忙翻了～
客人稍微少一些了吧。
カチャカチャ
小士，快點趁現在吃午飯吧。
喏。
コトン
好喔～！
大神哥也休息一下呀！
說得也是⋯
我跟署長去喝酒會晚點回家。

我曉得警界很重視上下關係。
他恐怕不能拒絕吧⋯
我知道了。
請慢用。

畺一更
我…我以前…沒來過這種地方…！
要講悄悄話這裡正適合嘛。
宇佐美…你是…
「兔子」對吧？
什…

ガタ
……！
看你的反應，等於是承認了呢。
坐下吧。我沒有要對你做什麼。
…唔…！

你是…
「狼」嗎…？
沒錯——
若這樣回答，一部分算是說謊了吧。
我繼承了「狼」與「兔子」，
雙方的血緣。

ドキッ
!?
…咦!?

ざわ……
……唔！
ざわ……
ざわ……
這種感覺……是怎麼回事……
就像是被剝個精光，動彈不得……——
在「狼」與「兔子」結合的雙親所生的孩子中，有極少機率會出現平衡兩種體質的孩子。
而這樣的孩子會擁有比常人更優異的能力。
顫抖顫抖顫抖……
吁——！吁——！

因此二神家
維持著這種血緣，
孕育出許多
這樣的人。
我就是…
其中之一。
スチャッ
呵！
……！
…呼！
宇佐美，
你的伴侶
是「狼」吧？
カタ
…！
是沒錯…

那麼，你們的孩子
就有可能成為
像我這樣的人。
トク…
回神
對我們一族來說，
那是——…
請…！
請等一下，
我們…
那個…
雙方都是男性。
所以不可能…
會有孩子…
——!!

……這樣啊。
トン
那真是抱歉了。
我不該先入為主認定你的伴侶是女性。
…不會…
但——
若是如此，勸你做好心裡準備。
「狼」與「兔子」，是「為了繁殖的體質」。
最好留心，你們終有一天會面臨分手。

什…!?
…你說那是什麼話…!
ザッ
就算你是署長…
グイッ
!?
!!

呼！
——！
宇佐美，你現在……
能從那位伴侶身上獲得「滿足」嗎？

…就…就算是那樣……我也……
我也不打算和他分手…！

呵！
若是真的無法「滿足」，隨時都可以來找我，
我會為你介紹很棒的女性。
今晚謝謝署長招待，我就不送了。
嗯，你回家也小心。
ブロロロ…
…接下來…
雖然宇佐美說「不會分手」——

但他的伴侶
又是怎麼想的呢…？
ガッガッ
ガッ
可惡！
…可惡…!!
可惡啊——!!!
ガンッ
痛！

ガチャ
我回來了……
…バタン
唉——！
兔子……！
抱緊！
大神!?
啊……我回來晚了，對不……

嗅
有其他男人的氣味。
！
可惡！
抓
咦!?等等，有…有嗎!?
畢竟警察就是男性為主的行業呀!?

ドサッ
唔哇！
驚覺！
呼！
呼！
……！
…抱…抱歉，兔子……我恐怕無法克制自己了——
ギリッ
呼！
呼！

ギシッ ギシッ
呼!
呼!
呼!
啊…等等…
大…大神…我已…射不…
呼!呼!呼!
…不行了…快…拔出來…
唔!
噫!
…我也…
不想要…
噫咕!
勉強你啊…!
呼!…呼…!

——……啊……——
呼！呼！呼！

竟然會做到讓
兔子失去意識……
以往就算再激烈，
也不曾這樣過……
…可是——
都做到這樣了，
但今晚我還是——
想要做更多更多，
這樣子完全不夠…
不行了。
再這樣下去我會…

ぞくっ
把我的兔子…
弄壞的…——

hatsujouki janakya nagutteru!
presented by sasaki ima + takase roku

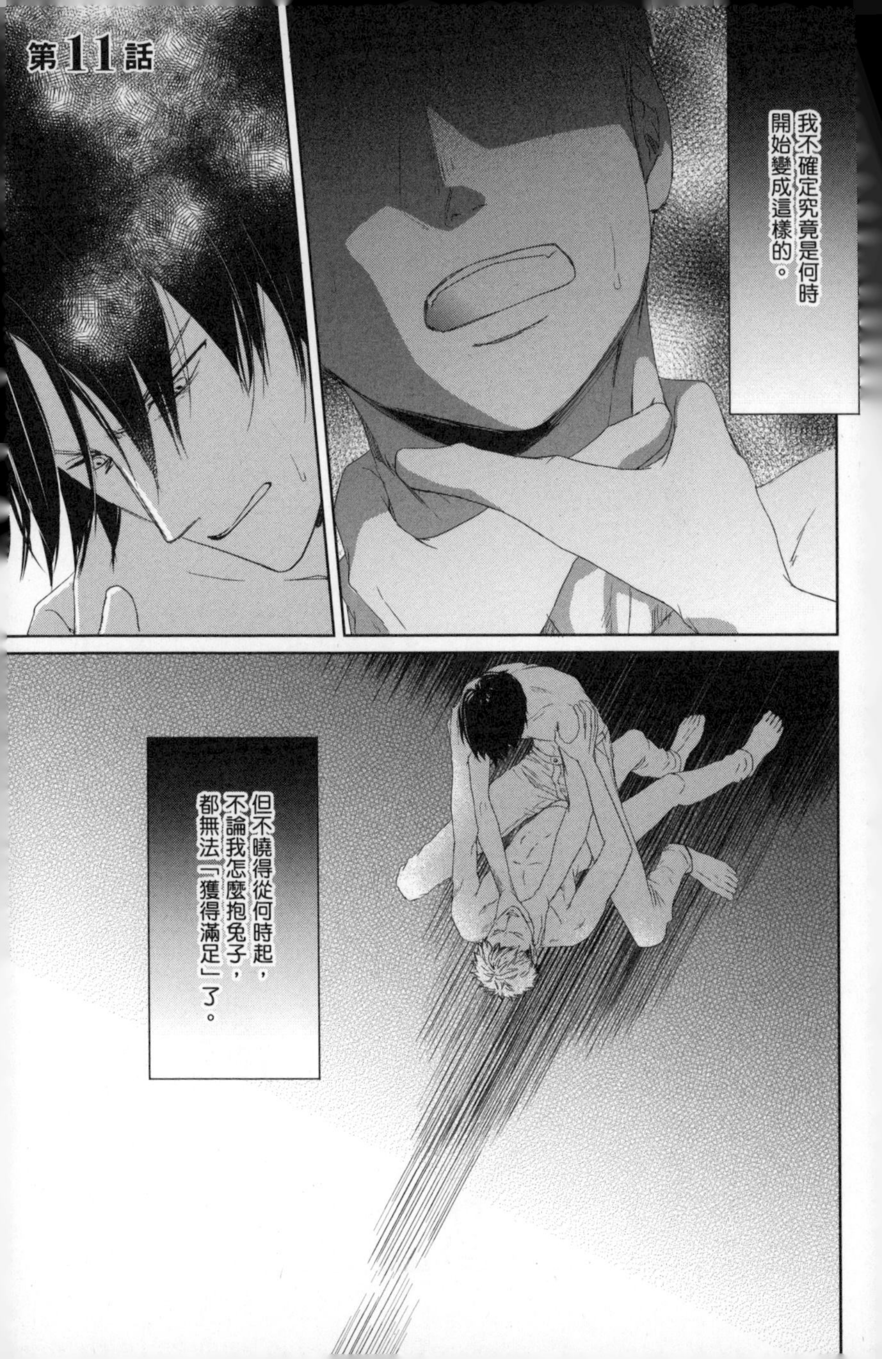
第11話
我不確定究竟是何時開始變成這樣的。
但不曉得從何時起，不論我怎麼抱兔子，都無法「獲得滿足」了。

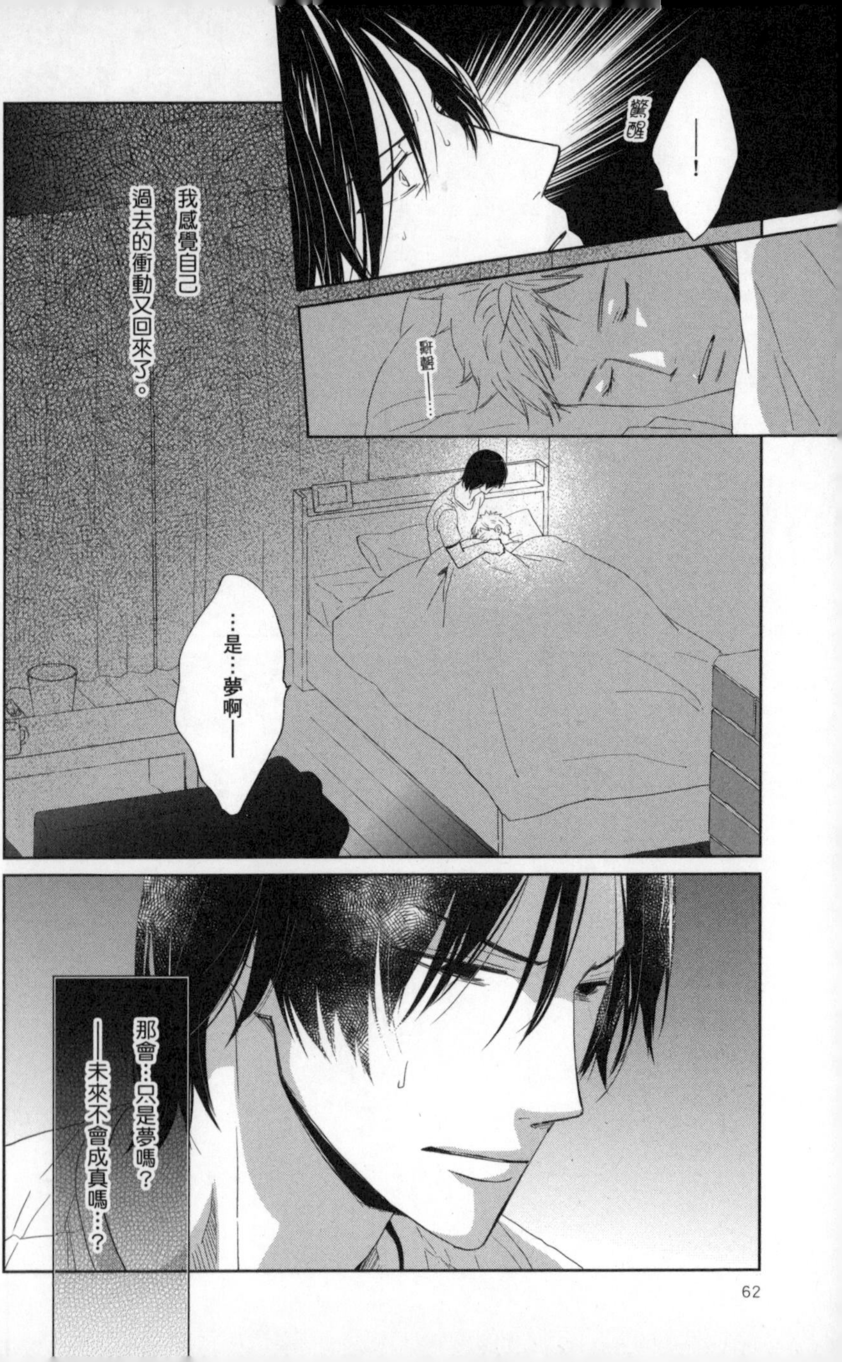
驚醒
──！
鼾聲──…
我感覺自己
過去的衝動又回來了。
…是…夢啊──
那會…只是夢嗎？
──未來不會成真嗎…？

我說大神哥啊…
你最近臉色很差耶？
じゃぶ
じゃぶ
………
…是你多心了吧？
如果是因為在想新菜色的話，我覺得是不用太鑽牛角尖啦？
…不——
他這樣算是敏銳還遲鈍啊…
——
？

我這時要是打馬虎眼矇混過去，結果真的是體質產生變化的話，
說不定會傷害到兔子——
——大神哥？
也好…但不是什麼令人開心的話題——
咦——!? 就算和宇佐美哥做了…也無法「獲得滿足」!?
呃…該不會是你多心了……
…就因為不是，我才會跟你講。
我覺得……
這很嚴重。

…吞口水
…我明白了。
我會問問看一羽「支倉手記」裡有沒有記載些什麼。
麻煩你了。
抱歉喔，小士。
這樣或許會害你和支倉感到不安，但還是…麻煩你了。
別介意，別介意！不用放在心上啦！
況且，要是知道了什麼線索，對我們也有幫助呀？你說對不對!?

這麼客氣不像你喔，大神哥。
要霸道一點。
嗯…謝謝你，士狼。
辛苦了。
嗯，明天見。
呼——
…………

茶水間
東警察署
叮鈴♫
大神發來的。
我要構思限定菜色，
今晚會在店裡過夜。
我知道了，
你加油。
我今天也會晚下班，
晚餐我就自己解決嘍。
你也
別太勉強了
…送出。
按
按

即使上床，也無法「獲得滿足」……
……但是……
不能和大神做，讓人很寂寞呢……
宇佐美，要去巡邏嘍。
啊……好。
受不了……什麼犯罪防治強化月，根本只是說說嘛～
不不，那很重要啊。
可是，我也不想打擾大神專心工作……
所以，就這樣吧。
就這樣——
喀嚓
我回來了。

安……靜
唉——
好想做…
呼—！
嗡嗡…
嗡嗡嗡…

已經好久
沒用這個了──
呼─ 呼─
嗡嗡嗡ン
ぬぬっ
嗡──……
呼… 呼!
嗡嗡…
呼…呼!
嗯!啊!
嗯!
唔…啊…
大神…
…大神──
嗡嗡嗡嗡…
呼─ 呼─
呼!呼!呼!
ビクッ
呼…啊!

呼！
呼！
呼！
唔……！
簡直就像是
回到從前
一樣——……
大…神……
——之後，
從這天起，
大神晚上就不再
回來這個房間了。
我自己也因為工作繁忙，
一直與他錯過，
最後終於——…

吵吵
鬧鬧
吵鬧
咦？是在吵架嗎？
情況不妙吧？
大聲
喧鬧
議論
紛紛
看起來好像是壞掉了耶～
就說啦，是小哥你撞到我，才會害我的手機掉到地上呀♡
賠償～賠償～

ざわ
ざわ
ざわ
欸，是不是報警比較好…
ガッ
啊！別過去，很危險的！
免驚～免驚～
這群混蛋…
嘖！
明明是他們自己撞過來的……
不行…要忍住…現在是滿月，要是衝動行事，我會無法控制力道。
瞪什麼瞪呀？有錯的是你吧!?
喂！說話呀！
唔…！

你說什麼？這傢…！
我是警察！你們在做什麼！
驚！
ガッ
放…放手！慘了！
快逃！
バッ
ダー
バタ
バタ
バタ
騙你的啦。

小士…
一羽有事要我轉告。
！
看你的表情…
…應該很難受吧？
大神哥。
CAFE SH

這樣啊…為繁殖而生的體質啊…
若無法達成目的，終有一天會分手……
原來如此。
呵！
確實很有道理。
這是一羽熬夜查閱手記得出的結論。
我也…很不想相信，但──
有什麼…解決辦法嗎？
…沒找到。
對不起。

……這樣啊。
一羽還在調查手記，一定會有辦…
我明白，不用擔心。
—！
ガタ
幫我向支倉道謝。

這件事我們也不能置身事外，所以一羽絕不會放棄的！
我也…！
摸頭
…嗯，如果找到了什麼線索，再告訴我。
大神哥！
ガタ
總之我會先關店，
你也別太鑽牛角尖嘍。

——！
和兔子分手啊……
在無法對這句話
一笑置之時……
大概就差不多了。

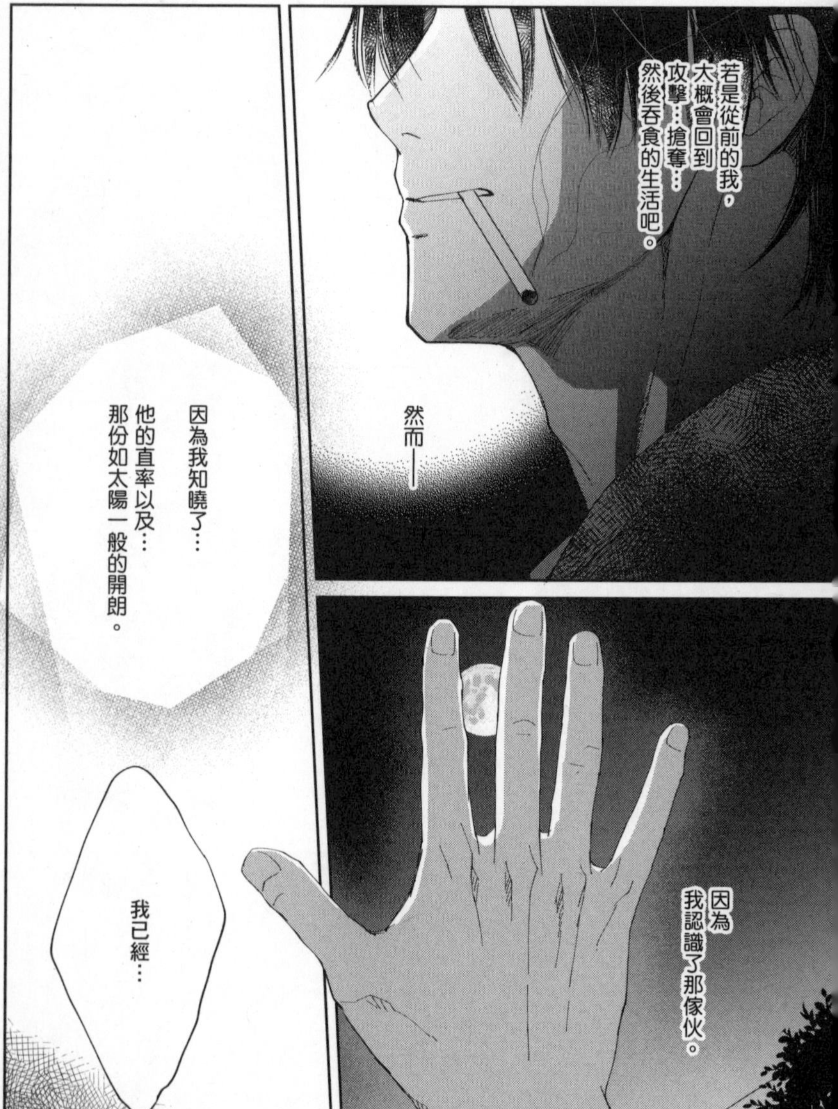
若是從前的我，
大概會回到
攻擊…搶奪…
然後吞食的生活吧。
然而──
因為我知曉了…
他的直率以及…
那份如太陽一般的開朗。
因為
我認識了那傢伙。
我已經…

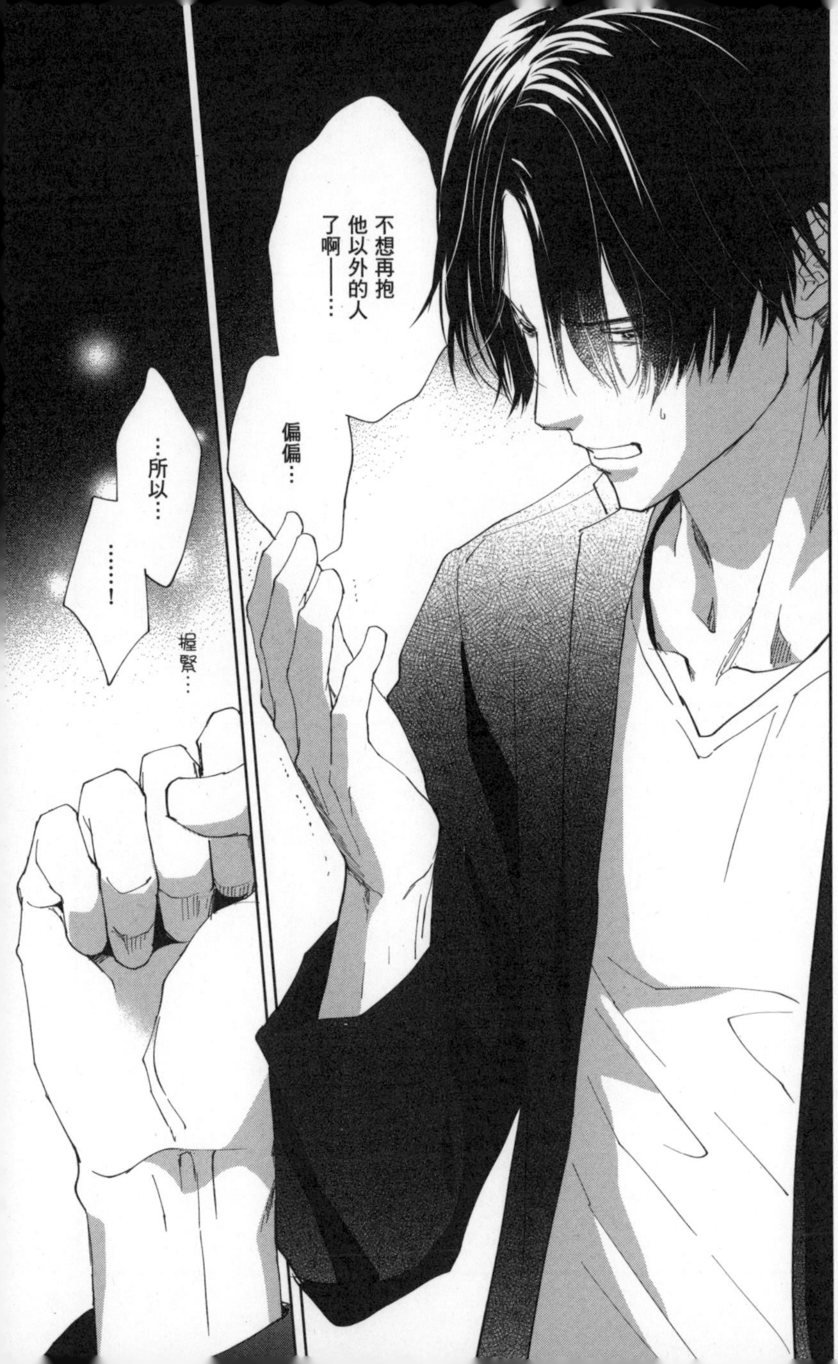
不想再抱他以外的人了啊——……
偏偏……
……所以……
……!
握緊……

東警察署
別說上床，
我連飯都
好久沒和大神
一起吃了…
嚼嚼…
雖然早上能
打個短短的照面…
他有沒有
睡飽啊…
但畢竟
他是那麼
投入於工作…
嗯…
嘟嚕嚕嚕
嘟嚕嚕嚕
！
喂，
這裡是東署，
我是宇佐美。
宇佐美哥，
是我。

咦？欸？
小士!?
等等，
我稍微移動一下。
喔——
發生什麼事了？
怎麼會打到
我工作的手機來…
窸窸窣窣 窸窸窣窣（小聲）
因為我不曉得
宇佐美哥的
聯絡方式呀…
啊，對喔。
……？
我平常都是
透過大神哥
和你聯絡的嘛。
嗯，我也是——
對喔，
就是因為這樣，
所以我一直沒辦法
找支倉討論…
是說…咦!?

那今天為什麼…？
難道是大神發生了什麼事…
小…小士…
我說，宇佐美哥，
要是大神哥不在了，你會怎麼辦…!?
……!
吞口水…
…因為體質的緣故——

說不定，會跟我分手…是嗎？
咦？你怎麼知…
…不，現在重要的是大神哥的事。
宇佐美哥，你的事我之後會找時間仔細聽你說。
大神哥…說他就算和宇佐美哥做了也無法「獲得滿足」，所以來找我商量──
大神嗎！？
這樣啊…！
想來也是…

我怎麼會以為只有我一個人…
無法「獲得滿足」呢。
所以我才告訴他「支倉手記」中記載的那件事。
結果大神哥卻——
出乎我意料地鎮靜…
反倒讓人擔心起來了。
他確實不是會手忙腳亂的那種人，可是……

我還是放心不下，打電話給他，但他沒有接。
人也不在店裡。
握緊
大神──
那個…大神哥應該不會就這樣消失吧？
……
我絕對不會讓他消失的。
…我也會試著聯絡他。

嗶
…………
我之前一直認為…
大神之所以那麼憔悴，
晚上也不回來，都是因為工作。
拜託你接電話。
所以都沒找他商量，
滿腦子只想著自己的事情。
您所撥的電話現在無法接聽——

ガン
我真是大笨蛋…!!
叩…
上班時間在談分手？
!?
啊…!

二神署長……!!
不……
……不是的……
我沒有……只不過……
コツ
コツ
剛才確實不是在講分手……
但是大神他……
可惡！
——那個，不好意思！

ばっ
！
我知道現在是上班時間！不過⋯
還請讓我⋯
去找那傢伙⋯!!
拜託您⋯!!

吁！吁！
タッタッタッ タッ
吁！吁！
吁！
タッタッタッ
拜託，
拜託你不要走…大神。
喀嚓
…關門
鎖上
……

第12話

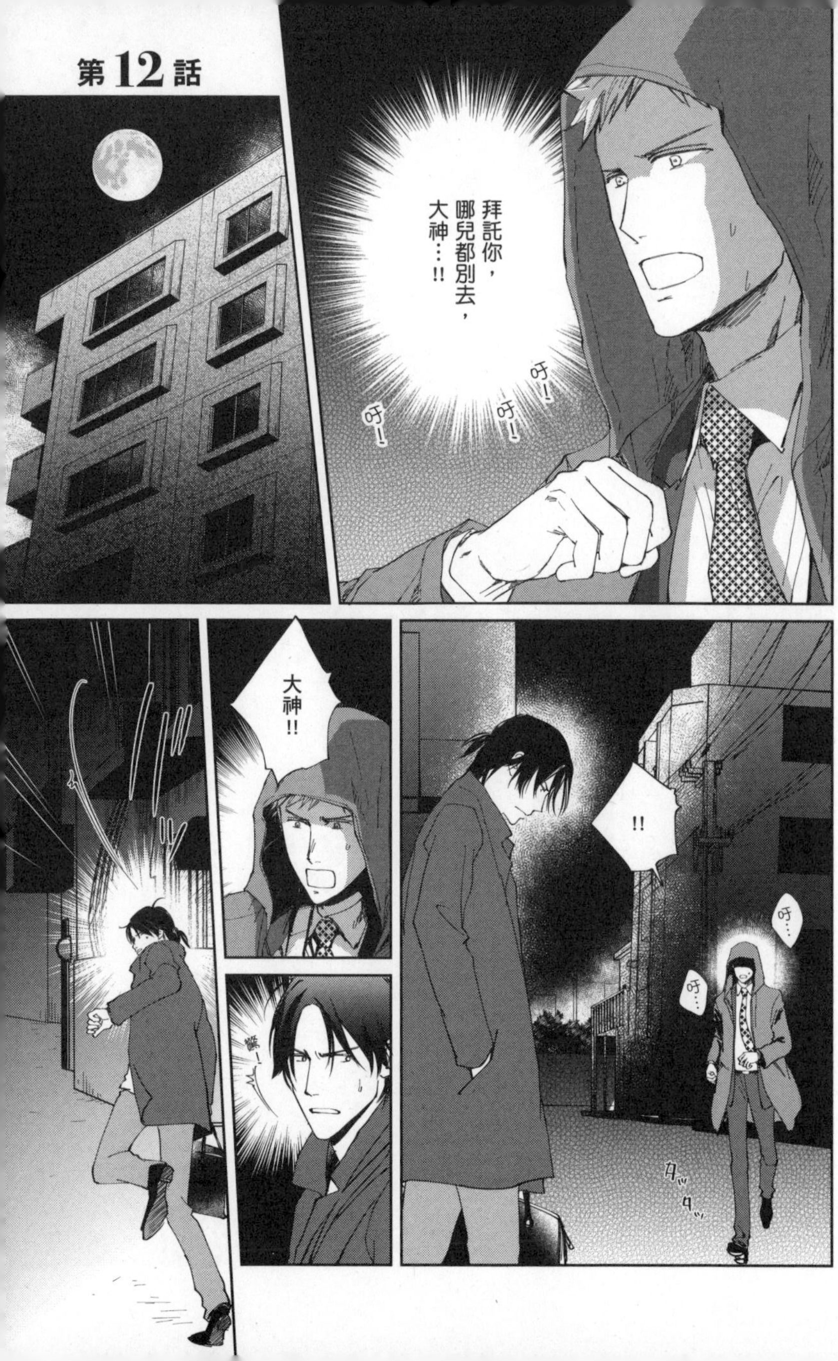
拜託你，哪兒都別去，大神…!!
吁-!
吁-!
吁-!
!!
吁…
吁…
カッタッ
大神!!
驚-!

ダー
咦咦…!?
打擊
為什麼要逃跑啊！
啊！
等我啊！
カンカンカン
呼！
呼！呼！
バタバタバタ
為什麼兔子會…!?
…對喔，是小土告訴他的吧…
呼…
呼…
タッ
タッ
タッ

タッタッタッ
可惡！我能逃得過刑警嗎？
呼—
呼—
乾脆混進人群裡——
到哪裡都好，只要是不會被兔子找到的地方——
呼…
呼…
東張
西望
一怔
那是…兔子的同事…在巡邏嗎？
可惡！
…嗯？
怎麼了嗎？
啊…沒什麼，只是感覺剛剛好像看到熟人。
話說回來…

真沒想到署長竟然會來幫宇佐美代班…
署長也真是愛攪和呢…
這不正是個能看看你們工作狀況的好機會嗎？
呵呵。
真有你的。
剛才那陣氣息是「狼」。
不僅如此…這種感覺是——
我暫時離開一下。
咦？
啊…請稍等，署長，你要去哪!?
我馬上回來。
真搞不懂大人物們葫蘆裡在賣什麼藥啊…
嗯～…

ざわ
ざわ
ざわ
探頭……
可惡！
大神那傢伙，
竟然逃到人這麼多的地方來…
咕唔…
要是撞見正在巡邏的同事
該怎麼辦才好…
也不曉得署長幫我找了什麼藉口…
偷偷摸摸
宇佐美。
びくっ

啊…不！
我這是，那個…
竊笑竊笑
!!
署長!?
看你這個樣子，
還沒有找到
你的伴侶吧。
──唔！
…真對不起。
那正好。
…
啊!?你說正好
是什麼意思!?

回神！
糟了…
……一講到伴侶，你就像變了個人似的。
……非常抱歉！
不…
我沒有責備你的意思。……只是覺得…
……你這樣很耀眼。
……咦？
—
推

不說那個了，
鬧區外圍有棟廢棄大樓，
似乎有可疑人物
常在那裡出沒。
轉身
…？
呃…
…是說
三島大廈嗎？
…你還聽不懂嗎？
就我的立場…
無法鼓勵部下
因私犯公。
啊…！
咦…
可是署長…
為什麼這麼幫我…
…別問了，
快點去吧。
—！

我明白了！
宇佐美巡佐，立刻到現場巡視。
カッ
ダッ
我到底在做什麼⋯
竟然問我⋯「為什麼這麼幫忙」？

署長！
您在這裡呀！
我在找您呢。
不好意思。
——我的誕生…
在二神家也是
極其稀有的狀況，
至今一路走在被安排好的人生上。
對這樣的人生，
我不曾有過懷疑。
可是…
我也不打算
和他分手！

看到你想要對抗體質的決心，
讓我不禁也想見識一下結果了。

慘了…
感覺到市中心之後，月亮的影響變強了……
呼！
呼！
呼！
握緊
──！

可惡…!
哐
哐哐
哐
!?
ガチャッ
大神…
兔…

呼！呼！呼！
コッ…
呼—！呼—！
…大神——
喂，你為什麼要逃跑…
別過來!!
コッ コッ

小士已經……
呼！
呼！呼！
……告訴你了吧……？
唔……嗯……
我……就算……
顫抖
和你上床，也無法「獲得滿足」了。
呼……
呼……
所以……
呼……

我已經不能繼續和你在一起了。

慢著…等一下。
和我上床也無法「獲得滿足」…所以，不能和我在一起？
你是因為這樣而逃跑的嗎？
フラ…
我也一樣啊。最近一直傷腦筋…不曉得為什麼無法「獲得滿足」——
可是，我…！

就算上床
也無法「獲得滿足」……
……但是……
不能和大神做，
讓人很寂寞呢……
即使無法「獲得滿足」，
我也想和你做。
你不回來，
讓我很寂寞啊！
無法「獲得滿足」
所以不能在一起!?
這種講法簡直像是
我們是為了「獲得滿足」
才在一起的不是嗎!!

不…不是的。
不是那樣的…兔子。
カッカッ
有哪裡不對!?
你都帶那麼大包的行李離家了!!
——!

就算無法「獲得滿足」，我也喜歡你啊！
想要和你在一起啊！
可是…大神…你卻……——

グ
……！
我還以為，你也和我…
有一樣的想法…！
兔…子…

……我不是說過……
……不要靠近我了嗎？
呼—！
呼—！
……!?

痛！
ドッ
啊！
!!
ひゅっ
——唔！

靜——
……？
呼！
呼啊！
呼啊！
我也…喜歡你啊…！

是啊…兔子，我喜歡你。
可是…正因為這樣…我必須「獲得滿足」才行。
不然…就會…像…現在這樣…
無法壓抑自己的衝動…想要…傷害你。
我…不想…變成那樣…
ドサッ
大神…

…可惡。
大神…
大神…在發抖——
スッ

但是，我沒有你以為的那麼柔弱，
…我可是刑警喔。
稍微受點傷，根本不算什麼。
兔…子…
…對不起。
所以…別說你不能和我在一起啊…
…大神。

…不要緊的，大神。
…啊……
呼！
顫抖
…兔…子…
我會讓你滿足的。
呼！
呼！

不論發生什麼事……
……我都會讓你滿足。
不只是體質，
而是全部——
呼！
……！
我也感到很不安……
……可是……
呼…
呼…

我不會讓大神
孤單一個人的——
怎麼回事？
這種感覺是——
…好熱…？

讓我們相遇的這個體質，
說不定其實想要拆散我們，
可是我不想輸給這種事，
不論發生什麼事，我都希望可以兩人一起克服。
…我們不僅是因為體質才在一起的。

—!
グイッ
我……的……
兔子——

第13話

說得沒錯……我不會離開你的。
才不會離開你呢……
大神好令人憐愛……
好可愛……好想保護他……
——只屬於我的兔子……！
比起「獲得滿足」我更想要「滿足他」。
呼啊！呼啊！
這份心情無法壓抑地滿溢而出。

我想將一切獻給他……——
呼啊！
呼啊！
啊……
「想要」的欲望——
消失……了……？
——！

獲──
「獲得滿足」了…！
太好了…真是太好了…！
嗯…──
抱緊

啾
啾
啾
咚 咚咚
喀嚓 喀嚓……
嗯……？
喀嚓 喀嚓
叩咚叩咚叩咚

呼啊——
嘰嘰……
啾啾啾
啊，早安～
早安，兔子，早飯做好嘍。
感動
……！
……？怎麼啦？
…看到大神跟往常一樣在家裡，讓我感覺好幸福～～!!
！

別……
別說傻話了，來吃飯啦！
チャッ チャッ
チャッ チャッ
ほこ ほこ
嗯嗯。
…真是抱歉。
我應該更早一點和你商量的。
啊！不，我也是。
我也沒告訴你自己無法「獲得滿足」…
彼此彼此啦…
這樣啊…你也是嗎…
…嗯。
應該說…

……我有聽說別人因為體質而分手……
……說到底……
……我也沒有……
告訴你……
署長其實也是……
……相關人士……
………
………兔子?
唔……其……其實——
ちゅん
ちゅんちゅん
ちちち
………

喂…！
轟轟轟轟轟…
你這傢伙~~~
為什麼不早一點告訴我啊！
我才不管他是署長還是什麼鬼，絕對不准你對他動心！
今後要是再發生什麼事情，立刻跟我說！
以後也不許你跟他兩人單獨去吃飯!?
呼——！
呼——！
呼——！
…抱歉。
…噗哈！
有什麼好笑的!?

沒啦…只是想說你竟然也會露出這麼慌張的表情。
嘻嘻…
你這樣子，該不會是在吃醋？
氣！
推倒！
哇啊！？
！

是啊…
我怎麼可能
不慌呢。
啾－！
…！
啾…
啾－！
啾咕
啾
嗯…
呼…
唔…！
啾
啾咕
顫抖
呼…
呼…
啊！
ぴちゃ、
じゅる…
呼－
…唔…
非常抱歉，
是我錯了…
哈…！
哈－！
呼啊！
呼啊…
你知道就好。

…話說回來，兔子，
可以安排我跟那傢伙見面嗎？
咦咦？
我明白這個請託強人所難，可是…
我就是不喜歡你身邊有個摸不清楚底細的男人，
要說是嫉妒，我也無話可說…
只不過…

點頭
我明白了。我會問問看。
…話說回來，署長人很好喔。
那時我之所以能找到你，也是多虧有署長的幫忙。
所以…
希望你不要把他當成壞人。
…唔…
我明白了。

東警察署
署長！
交通事故七
昨日の交通事故
糟糕！跟署長對上眼了…
驚！
…可是…什麼事也沒發生！咦!?!?
難道是因為「獲得滿足」了的緣故嗎…？
有什麼事？

立正！
啊！不…不好意思！
前幾天真的非常感謝！
…然後…那個……
嗯。
方便的話今晚能借點時間嗎？
…多虧有署長幫我製造機會，我才能夠與我的伴侶好好談一談。
所以一方面是向署長報告，另一方面也想致謝，希望能邀請署長到我伴侶的店裡去。
或者是那個…呃……
伴侶…啊。
我是有點好奇呢。

可以啊。既然你都這麼說了，我就去吧。
ぱぁぁ
好的！非常感謝署長！
本日包場
本日包場

どどーーん
ゴゴゴ…
ばばーーん
我是大神。我家的宇佐美似乎相當受您照顧了。
バチバチバチ
我叫二神。
稱不上什麼照顧，他是相當優秀的下屬。
唔哇啊啊啊～

…我真的覺得他十分了不起喔。
真希望也能讓你看看他說絕不屈服於體質、絕不和你分手的樣子。
咦…唔哇…
呵！
…當時真的受了你不少幫忙。
非常感謝您今天的光臨。
敝店準備了一些簡單的料理，希望能合您的胃口。

鬆了一口氣、
啊！請坐這裡！
ガタ
好的，謝謝。
カッカッカッ
歡聲談笑
哈哈哈…
話說回來，宇佐美。
你是不是說有事情要跟我報告？
啊！
對喔!!

看你的樣子又開始能夠「獲得滿足」了吧？
面對我的反應也與之前不一樣了。
啊…是的，就是這樣。
只不過，還不明白原因…
那個…要是署長知道的話…
宇
啊！我也想知道。
支
原來如此，不是不報告，而是無法報告啊。
盯…
這是我的觀察…
你們兩位…
現在看起來非常穩定。

這是什麼意思？
我擁有「狼」與「兔子」雙方的體質，
但不會像你們這樣被體質嚴重影響生活，
既沒有暴力衝動，也不會發情。
那是因為在我的體內，兩種體質融合為一，呈現穩定的狀態。
我感覺宇佐美你們也是這個樣子。
也可以說是…兩位的體質混合在一起了吧。

ス
ドキッ
盯…
呼～…
不好意思，我也不清楚原因。
戴上
你們之間有發生過什麼心境或關係上的轉變嗎？
轉變…!?

不，
該怎麼說呢……
嗯嗯……？
宇佐美哥，
努力想呀！
這對我們也很重要！
唔～嗯……
唔～嗯……
唔～嗯……
緊張緊張
緊張緊張
……抱歉。
啊——
沒關係啦。
慢慢想吧。
好的……
我是「單獨」
就能完整的
個體……

但是你們則是兩人合而為一組成「伴侶」。
現在只要慶祝這件事就行了。
雖然這種狀況或許能說與以繁殖為目的的體質互相矛盾了吧。
…沒差啦。既然大神哥你們不會分手，那就好啦。
重點在這兒吧。

晚安嘍——
晚安～
幸好平安落幕了～
說的沒錯……
唉——！
ぽす，
拍
拍
辛苦你了。
嗯…
今晚他應該一直很緊張吧。

感覺大神好可愛喔。
微笑
上下其手…
!
慢著…大神!?
毛手毛腳
嗯嗯…
さわさわ
…!
…喂!
ぐいーっ
——!!
羞~

我…我們去床上…吧…
啊…在那之前先沖澡…
我搞不好是第一次看到大神露出這種表情…
喔……好…
怦咚怦咚怦咚
怦咚怦咚怦咚…
要說成為伴侶，
兩人的體質融合在一起，
怦咚怦咚怦咚…
是因為發生過什麼「轉變」——

嗯！
呼……
嗯……！
「轉變」嗎…
嗯嗯！
啊！

我也不是很清楚……可是……不過……
ぴくっ
呼！
呼啊…
呼！
現在想想之前我都只是讓大神……來「滿足我」……
呼！
呼！
呼！
驚覺
……
ガばっ
——大神!!
!?
……？

今天可以讓我用嘴幫你嗎？
!?
……咦!?
怎麼突然……
因為我……想做……
害臊
喔……好……

……
呼啊！
呼！
呼！
不僅是性方面，
呼！
呼啊！
呼……
之前在我心裡……
還是會認為
大神各方面
都比我強大。
——可是……
——在三島大廈
見到大神時，
我……
嗯！
嗯！
呼！
唔……
……嗯……
唔……
呼！
……兔……子
……唔！
呼……！
呼……！

呼…
呼…
呼…
呼…
…抱歉，我忍不住了…
——…嗯。
大神，好可愛喔。
…那時，我所想的是要保護大神…
呼…
呼…
呼…

嗯……！
啊！
呼啊！呼啊！
呼啊！呼啊！呼啊！
大…大神…
呼啊！呼啊！

…我愛你。
我的…大神。

……！
ぶるるっ
唔…啊…
びくっ
びくんっ
嗯嗯！
啊…啊…
唔哇…大神的…在裡面…好…熱——
呼——
呼——
呼——
ぞくぞくぞく…
兔子，你呀……！
也太趁人不備了！
わなわな
呼…呼…

ぶるぶるぶる…
噗哈!
你害羞的表情好可愛喔——
哈哈哈!
不准笑——!!
END

後記

非常感謝各位購買
《兔子刑警的發情期》第三集！

我在書衣摺口的感言那邊
也有說過，
本書這個系列
第四冊了。
好厲害！

不知不覺也與這部作品
共度了好長的時光，
連在日常生活中
每次看到月亮時，
也會不自覺想到這兩人呢w
這部作品可以持續到今天，
都是因為有支持我們的讀者。
非常感謝大家！

在繪製這本漫畫的期間，
日本遭受了
哈吉貝颱風的重創。
在此祈求受災的各位
可以盡早恢復到
安穩的生活。

201911　佐崎いま+高瀬ろく

試著讓他們互換了衣服，
適合嗎？

Kadokawa Comics
Girl Series

兔子刑警的發情期！③
(原著名：発情期じゃなきゃ殴ってる！③)

2020年10月12日 初版第1刷發行

作　者：佐崎いま＋高瀬ろく
譯　者：帽子

發 行 人：岩崎剛人
總 編 輯：蔡佩芬
編　　輯：高韻涵
美術設計：莊捷寧
印　　務：李明修（主任）、張加恩（主任）、張凱棋

發 行 所：台灣角川股份有限公司
地　　址：105台北市光復北路11巷44號5樓
電　　話：（02）2747-2433
傳　　真：（02）2747-2558
網　　址：http://www.kadokawa.com.tw
劃撥帳戶：台灣角川股份有限公司
劃撥帳號：19487412
法律顧問：有澤法律事務所
製　　版：巨茂科技印刷有限公司
I S B N：978-986-524-025-7